大海截句集

蒋一谈 主编

GUANGXI NORMAL UNIVERSITY PRESS
广西师范大学出版社
·桂林·

截句：最短的现代诗歌

如今大海依然在桌子上方

像一本旧挂历，记载着节日

吕德安

如今大海依然在桌子上方
像一本旧挂历，记载着节日

吕德安

在海边，坐以眺望

我似乎看穿生命的尽头——

所见使我失明

所闻使我耳聋

树才

去了绝地，坐以眺望
我似乎期待生命的尽头——

所见使我失明
所闻使我失聪

木心

大海不会在意一粒沙子的褒贬

天空仅仅因为空而高过我们很多

朵渔

大海不会在意，一粒沙子的褒贬
天空仅仅因为空而高过我们很多

朵渔

请脱下衣裳

请走近大海

请勾引我之外的任何一个

崔曼莉

请脱下衣裳，请走近大海，请向引

我之外的任何一个

丁酉题大海截句诗曼莉

灰色的海

幸亏有上帝的女朋友

在那里脱白短裤

车前子

灰色的海
幸亏有上帝的小朋友
在那里跳白色芭蕾

究竟是蓝色、蓝黑

还是黑墨水

这瓶大海

肯定有鬼

朱枫

究竟是蓝色蓝黑
还是黑墨水
这瓶大海
肯定有鬼

朱桐

在沙滩上拾得一枚石子 028

像是浪子衣襟掉下的一粒纽扣

略带海的体温

于坚

在沙滩上拾得一枚石子
像是浪子衣襟掉下的一粒纽扣
略带海的体温

于坚

燃烧的大海

再也无法爱上它的白滩

春树

燃烧的大海

再也无法爱上它的自泅渡

大海说

在确定的末日

我们要加倍繁殖

就像你们的词典——

小海

大海说

在确定的末日

我们要加倍繁殖

就像你们的词典

小海

盲人和一女子去渡海

风很大，船、星星、海鸟、海盗都摇晃得厉害

女子说，你让我看见了海

盲人说，海让我看见了你

钟立风

盲人和一位女子去渡海

风很大，

船，星星，海鸟，海盗

都摇晃得厉害

女子說，你让我看见了海，

盲人說，海让我看见了你。

我的朋友对精神类药物上瘾

他告诉我

他脑子里

有一条顶着时代车轮的虎鲸

王一舸

我的朋友对精神类药物上瘾，

他告诉我

他脑子里

有一条顶着时代车轮的虎鲸，

——王一舸

如果你在海边跪下来

在海的彼岸

一定有人在做同样的事

伊沙

如果你在海边跪下来
在海的彼岸
一定有人在做同样的事

伊沙

那是　近似于无限透明的蓝

一抹夜光上岸

预谋中

完整的寓言

刘道一

那是　近似于无限透明的蓝

一抹夜光上岸

预谋中

完整的寓言

大海，你有爸爸吗？

一阵海风吹过

大海说，这就是我的爸爸

铁头

大海，你有爸爸吗

一阵海风吹过

大海说，这就是我的爸爸

——铁头

悬崖下，海挺立在大海中，像一匹蓝马
灰蓝的鬃毛幽亮，衬托升起的太阳
如同拽紧的缰绳；你如果不是那个骑手
命运怎么会如此湛蓝

臧棣

悬崖下 海挺立在大海中，像一匹蓝马
灰蓝的鬃毛发亮，衬托升起的太阳
如同拽紧的缰绳；你如果不是那个骑手
命运怎么会如此湛蓝

史上的海难故事

加重了海的苦行

和我的悲悯

庞雪君

史上的传说故事

加重了海的苦行

和我的悲悯

没见过这么美的军舰

简直就不像是用来杀人的

桑克

没见过这么美的军舰

简直就不像是用来杀人的

桑克

在大海边

只许谈恋爱

不许说分手

十耘

在大海边
只谈谈恋爱
不许说分手

问题的关键在于

诗中心智的高速行驶

是否能丝毫不逊于

渡海技巧和航天术

茱萸

问题的关键在于

诗中心智的高速行驶

是否能丝毫不逊于

渡海技巧和航天术

茱萸摘录

天空和大海

这宇宙的任督二脉

被一架急坠的飞机

打通了

轩辕轼轲

天空和大海
这宇宙的信笺二联
被一架急驰的飞机
打通了

—— [illegible]

当我认识了你，就不再孤独

海，在岸边堆积它金色的欢愉与黑色的忧愁

爱就从那一刻开始，把碑文刻在心中

林莽

当我认识了你就不再孤独

海，在岸边堆积它金色的欢愉

与黑色的忧愁

爱就从这一刻开始，把碑文刻在心中

林芳

冥想

源子夫

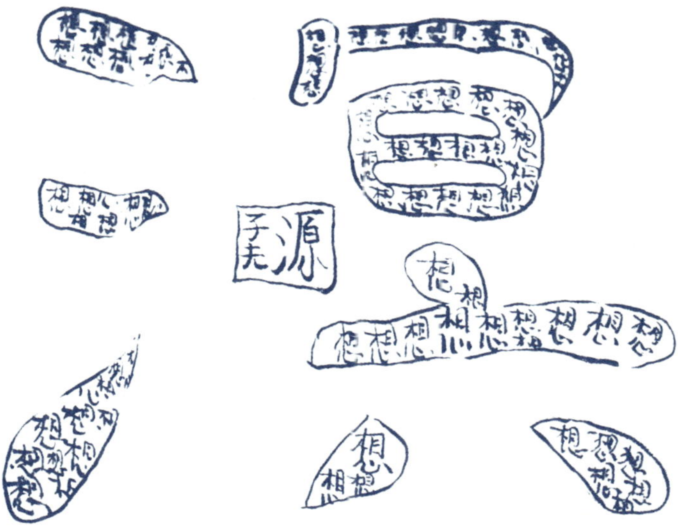
源
子夫

所有的岸都有彼此

所有的风帆

都是超度的蝶翅

王侃

所有的岸都有彼此

所有的风帆

都是起伏的蝴蝶

将火，当作波浪的一种

肖水

怕死

将死当作波浪的一种

梦里终于脱胎换骨

大海用浪花

给我从头到脚

重装了一遍系统

君儿

梦里终于脱胎换骨
大海用浪花
给我从头到脚
重装了一遍系统

宏儿

不是你不够坚强

是海水日日夜夜地喊着人类的名字

唐朝晖

不是你不够坚强
是海水日日夜夜地喊着人类的名字

唐朝晖

大海深处

鲸鱼举起火把

作业本

大海深处

鲸鱼举起火把

你是城里人

那不是渔人

你穿走了海浪却穿不走它腥味的衣裳

安琪

你是城里人
你不是渔人
你穿走了海浪却穿不走它腥味的衣裳
——安琪

关于海，宽大是好的

透明也是好的

宽大透明的墙上

放着装我的盒子

铅笔

關獨處，大是好的
透明世在好時
寬大過明時靖個上
放著自花我的盒子
鉛筆、

她说，海久了就岸一会儿。

岸久了，

就纵身一跃。

懒懒

她说，海乏了就靠岸一会儿

岸乏了，

就纵身一跃。

[illegible]

海，安静下来

男人借女人的肩

低下了头

班琳丽

海，安静下来

男人借女人的肩

低下了头

没有粘土和羽毛

没有养伤的海盗清点纸牌

碰落的银币面朝十六世纪向后翻滚

大海，终究是个笑话

海波

没有粘土和羽毛
没有养伤的海盗清点纸牌
碰落的银币面朝十六世纪向后翻滚
大海，终究是个笑话

在蓝色的天空和蓝色的大海之间

我把票投给了这把蓝椅子

李壮

在蓝色的天空和蓝色的
大海之间
我把票投给了这把蓝椅子

海被人们引进来了：变得平静，变得弱小

年轻人在二楼打开窗户，很快将它画下

送给对街的太太

严彬

烟波今何所[illegible]

[illegible]

[illegible]人[illegible]

[illegible]

迷[illegible]何[illegible]

[illegible]树

我在落日的余晖里看到海伦的美了

三人行必有一人是多余

海水是多余

我爱你也是多余

杨庆祥

我在落日的余晖里看
到海鸥的美了
三人行必有一人是多余
海水是多余
我爱你也是多余

杨庆祥

后背线条流畅

这段海岸被我称为大嫂

她引导一艘巨轮回家

周瑟瑟

周瑟瑟

后背线条流畅
这段海岸被我称为大嫂
她引导一艘巨轮回家

一个人走到海边

大海的哭声

让她乐观起来

蒋一谈

一个人走到海边
大海的哭声
让她乐观起来

风从大海来

吹开了我心中的花

邱华栋

风从大海来
吹开了我心中的花

邱华栋

我，发现了一个词

但我不想说出

我把它藏在了大海深处

晴朗李寒

我、发现了一个词
但我不想、说出
我把它藏在了大海深处

陆诗寒

她把锅子丢进蓄满

淡水的水槽

窗外

大海在静候

李青禾

她把锅子丢进蓄满
淡水的水槽
窗外
大海在静候。

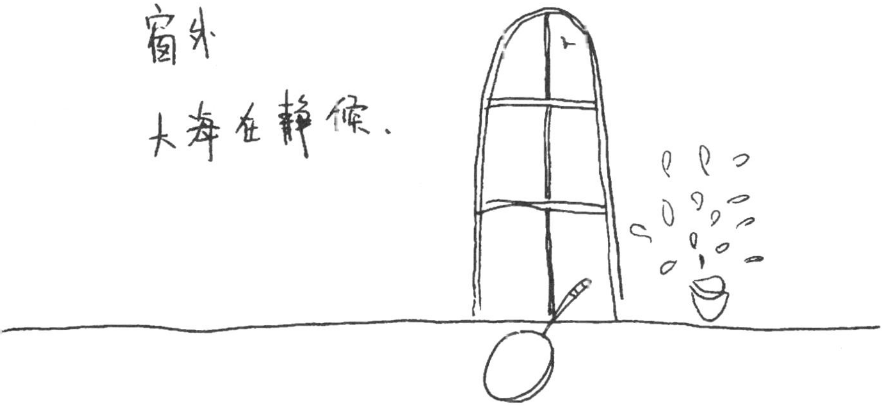

无尽的深呼吸之上

时间率性而动

两只翻然的海鸥

瞬间就牵走了两鬓斑白

赵目珍

无尽的深呼吸之上
时间穿梭而动
两只翻飞的海鸥
瞬间就牵走了两簇灰白

海，直到今天开始相信

世间没有人抵得上我的亲近

它里面深埋着我的双亲

何向阳

海，直到今天开始相信
世间没有人抵得上我的亲近
它里面深埋着我的双亲

何向阳

如何向山

解释海的辽阔

只有鸟知道答案

胡涛

如何向山
解释海的辽阔
只有鸟知道答案

我看到语言学家投海自尽前的照片
昔时　他卷发　有希腊美少年的眼睛和胸膛
他唯一的恋爱是和美人鱼　两千岁的美人鱼
而我娇艳　有人类的腐臭气息

权聆

我看到语言学家投海自尽前的照片

昔时 他卷发 有希腊美神的眼睛和胸膛

他唯一的恋爱是和美人鱼 两千岁的美人鱼

而我娇艳 有人类的腐臭气息

如果大海就是老家

那多好啊

即使是在梦里

也没人能把它拆迁

桂杰

如果大海就是老家
那多好啊
即使是在梦里
也没人能把它拆迁

——桂圭

大海甩动白发

沧桑的男人终归平静

我拥抱晚年的大海

李成恩

大海电动自发

汹涌的男人终归平静

我拥抱晚年的大海

李敖

妈妈给了我气质

爸爸给了我性格

而我想活成大海

孙伟夫

妈妈给了我颜
爸爸给了我性格
而我想活成大海

他们不想去碰，不想去碰那座大海

可还是挡不住带血的羽毛粘上外套

这是三十三岁的男人和临近三十岁的女人

每一天，他们都还试图在彼此身上创造悬崖

戴潍娜

他们不想去碰，不想去碰那座大海

可还是挡不住带血的羽毛粘上外套

这是三十三岁的男人和临近三十岁的女人

每一天，他们都还试图在彼此身上创造悬崖

海水蔚蓝，垂直不起来；但蔚蓝的

死命令，能以晶体的形式垂直起来

海床上众生相继熔入冰点戏剧指挥棒

看哦，足以让我忍受陆地上诸般平衡

一苇渡海

19

海的蔚蓝，垂直不起来，但蔚蓝的生命力，能以蹦跳的形式垂直起来

海底之众生相继流入冰之戏剧指挥棒着我，足以让我想象陆地之船艇平行

一苇渡海

痛苦：一片搬不动的大海

西川

痛苦：一片搬不动的大海

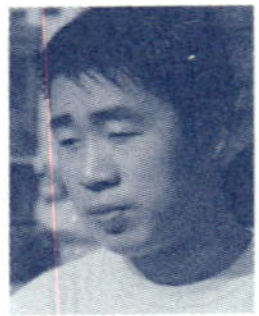

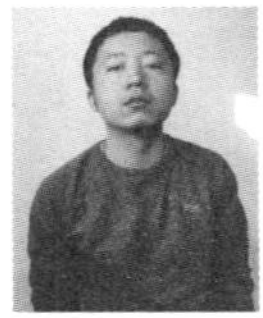

大海截句集
DAHAI JIEJU JI

策　　划：多　马
产品经理：郭　悦
责任编辑：陈子锋
助理编辑：郭　悦
书籍装帧：周伟伟
责任技编：李春林
篆　　刻：张　军

图书在版编目（CIP）数据

大海截句集 / 蒋一谈主编．—桂林：广西师范大学出版社，2018.4
ISBN 978-7-5598-0551-5

Ⅰ．①大… Ⅱ．①蒋… Ⅲ．①绝句－诗集－中国－当代 Ⅳ．①I227.7

中国版本图书馆 CIP 数据核字（2017）第 328933 号

广西师范大学出版社出版发行
（广西桂林市五里店路 9 号　邮政编码：541004
网址：http://www.bbtpress.com）
出版人：张艺兵
全国新华书店经销
广西广大印务有限责任公司印刷
（桂林市临桂区秧塘工业园西城大道北侧广西师范大学出版社集团有限公司创意产业园内　邮政编码：541100）
开本：787 mm × 1 092 mm　1/32
印张：10　　　字数：5 千字
2018 年 4 月第 1 版　　2018 年 4 月第 1 次印刷
印数：0 001~8 000 册　　定价：68.00 元